Birgit Neiser

Illustrationen von Ralf Butschkow

Hexen, Monster, Kürbisgeister

Das Buch für Halloween und Gruselfeste

moses.

Die Ideen, Tipps und Rezepte in diesem Buch wurden sorgfältig durchdacht und unter Berücksichtigung der üblichen Sicherheitsvorkehrungen getestet. Die Autorin ist in keinster Weise für irgendwelche Schäden an Personen oder Sachen verantwortlich, die im Zusammenhang mit dem Basteln, Spielen oder Zubereiten mit den in diesem Buch erwähnten Gegenständen oder Zutaten entstehen.

Printed in Italy

3. überarbeitete Auflage 2001

moses. Verlag GmbH
Hülser Straße 21-23
47906 Kempen
E-Mail: info@moses-verlag.de
www.moses-verlag.de

ISBN 3-89777-065-2

Inhalt

Einleitung

Gruselfeste kann man immer feiern! Einige Tage im Jahr bieten sich besonders dazu an, weil man sich nach alter Tradition verkleidet. Karneval oder Fasching im Februar gehören zum Beispiel dazu. Die Walpurgisnacht am 30. April ist seit alten Zeiten die Nacht, in der sich die Hexen auf dem Blocksberg treffen. Es waren ursprünglich Bräuche aus vorchristlicher Zeit, mit denen der Frühling begrüßt wurde. Die Masken und Verkleidungen sollten die bösen Wintergeister so erschrecken, dass sie verschwanden. Auch ein anderes Fest aus vorchristlicher Zeit hat mit Geistern zu tun. Es ist Halloween und wird am 31. Oktober vor allem in Amerika gefeiert. Immer öfter grinsen uns Kürbislaternen im Vorgarten zur Halloweenzeit auch in unserer Nachbarschaft an. Es ist die Zeit der Gruselparties. Solche Feste sind ein aufregender Spaß. Mit etwas Kreativität und ein paar Ideen ist bereits die gemeinsame Vorbereitung das halbe Vergnügen!

Was ist Halloween?

Unter dem Namen „Samhain" wurde dieses Fest bereits vor mehr als 2.000 Jahren bei den heidnischen Kelten gefeiert. Die Kelten lebten früher vorwiegend dort, wo heute Großbritannien liegt. Der Festtag war immer am letzten Tag des Jahres. Für die Kelten war dies der 31. Oktober, da sie nach einem anderen Kalender lebten.
Der Sommer wurde an diesem Tag mit großen Feuern verabschiedet und der Winter begrüßt. Die keltischen Priester, die Druiden, dankten dem Sonnengott für die gute Ernte des Sommers und des Herbstes. Gleichzeitig verbrachte man den Tag in Gedenken an die Verstorbenen des vergangenen Jahres. Der keltische Gott der Toten hieß Samhain. Er löste mit dem Beginn der dunklen Winterzeit den Sonnengott ab. Die Kelten glaubten, dass die Seelen der in dem Jahr Verstorbenen an diesem Tag in das Land der Toten wandern. Die Feuer sollten den guten Seelen den Weg weisen und die bösen Geister abschrecken. Viele glaubten, dass überhaupt alle Toten in der Nacht des 31. Oktober die Erde besuchen. Als Geister kamen sie in ihre alten Häuser zurück, um dort Wärme und Freundschaft zu finden. Diejenigen Geister, die kein Heim hatten, wanderten die Nacht hindurch draußen umher. Sie erschreckten die Menschen und spielten ihnen Streiche.
Vor etwa 1.200 Jahren hat der Papst für den 1. November, der dem keltischen Neujahrstag entsprach, den Feiertag „Allerheiligen" festgelegt. An diesem Tag sollte den geheiligten christlichen Märtyrern gedacht werden. In Großbritannien hieß Allerheiligen „All Saints' Day" oder auch „All Hallows' Day".
Das Samhain-Fest am 31. Oktober fand am Vorabend des Allerheiligentages statt, also an „All Hallows' Evening" oder kurz „Hallows' E'en". Daraus wurde später „Halloween".
Zu Halloween verkleidet man sich als möglichst gruselige Gestalt, um böse Geister abzuschrecken. An diesem Tag sind verkleidete Hexen, Gnome und andere Geisterwesen unterwegs, die man jedoch nicht zu ernst nehmen sollte. Wenn diese Gestalten mit der Androhung „Trick or Treat!" von Haus zu Haus laufen und in den Vorgärten ausgehöhlte Kürbisse mit geschnitzten Fratzen in den Abend leuchten, dann ist Halloween!

Die Legende von Jack O´Lantern, dem Kürbisgeist

In Irland lebte einst ein Hufschmied mit dem Namen Jack. Er war ein Trunkenbold und verbrachte seine Freizeit am liebsten in der Kneipe. Eines Abends, es war der 31. Oktober, saß er wieder dort und hatte viel zu viel getrunken. Da kam der Teufel und wollte ihn mitnehmen. Jack hatte im letzten Moment die rettende Idee. Er bat den Teufel darum, ihm doch noch einen Drink zu spendieren, bevor sie gehen müssten. Der Teufel hatte kein Geld bei sich und verwandelte sich daher selbst in eine Münze, um Jack seinen letzten Wunsch erfüllen zu können.

Schnell steckte Jack die Münze in seine Geldbörse, wo er auch ein kleines silbernes Kreuz aufbewahrte. Wegen des Kreuzes konnte der Teufel sich nicht wieder zurückverwandeln. Erst nachdem der Teufel versprach, Jack für das nächste Jahr in Ruhe zu lassen, wurde er wieder von diesem befreit.

Am 31. Oktober des folgenden Jahres kam der Teufel erneut zu Jack, um ihn abzuholen. Längst hatte Jack seine Abmachung vergessen und war sehr erschrocken.
Er war jedoch ein pfiffiger Bursche und hatte gleich wieder eine Idee.

Er sagte zum Teufel: „Dieses Mal komme ich mit. Aber ich würde so gerne vorher noch einen Apfel essen. Siehst Du den Apfelbaum dort? Könntest Du mir bitte helfen, einen Apfel zu pflücken?" Der Teufel dachte sich nichts Böses und kletterte auf Jacks Schultern, um an einen Ast mit Äpfeln heranzureichen. Geschwind schnitzte Jack ein Kreuz in den Baumstamm. Dies machte den Teufel unbeweglich und er blieb am Ast hängen. Er musste Jack das Versprechen geben, nie mehr seine Seele zu verlangen.

Als Jack schließlich viele Jahre später starb, wollte er gerne in den Himmel. Dort blieben die Tore für ihn jedoch verschlossen, da er in seinem Leben ein Trunkenbold gewesen war. Also ging Jack zum Teufel, klopfte an und bat um Einlass.

Dieser lehnte jedoch mit Bedauern ab, da er Jack versprochen hatte, nie mehr seine Seele zu holen. „Aber wo soll ich dann hingehen?" fragte Jack verzweifelt. „Dorthin, wo du hergekommen bist", antwortete der Teufel ohne Mitleid. Der Weg zurück war dunkel, kalt und windig. Jack machte mit dem Teufel aus, dass er wenigstens ein Licht von ihm bekam, um seinen Weg zurück zu finden. Der Teufel ließ sich erweichen, nahm ein Stück glühende Kohle aus seinem Feuer und warf es Jack zu. Aber wie sollte Jack das heiße Licht tragen? Zum Glück hatte er eine dicke Steckrübe als Proviant mitgenommen. Er höhlte sie vorsichtig aus und schnitzte ein paar Löcher in die Schale. Dann legte er das Stück Kohle hinein. Diese selbst gebastelte Laterne wies ihm den Weg zurück und begleitete ihn von nun an auf seiner immer währenden, rastlosen Wanderung. Da die Kohle vom Teufel stammte, konnte sie nie erlöschen. Soweit die Legende.

Jack mit seiner Laterne ist das Symbol der ruhelosen Seelen geworden, die an Halloween umherziehen. An diesem Tag höhlt man in Irland daher Steckrüben aus, schnitzt daraus gruselige Gesichter und setzt Kerzen hinein. Diese Fratzen sollen andere Geister erschrecken.

Vor rund 150 Jahren sind viele Menschen aus Irland nach Nordamerika ausgewandert, um zu Hause einer großen Hungersnot zu entkommen. Sie nahmen Halloween als eine ihrer Traditionen in die USA mit. Dort wurden weniger Steckrüben angebaut als vielmehr große Kürbisse. Diese waren viel leichter zu bearbeiten als die Steckrüben, sodass die Halloween-Tradition von der Steckrübe auf die Kürbisse überging. Der „Laternen-Jack" heißt auf Englisch „Jack of the Lantern" oder auch kurz „Jack O´Lantern", wie man die Kürbisgeister heute nennt. Die Halloween-Tradition wandert mit den Kürbissen jetzt wieder nach Europa zurück. Über die Jahrhunderte hat sich dieser einst beinahe gefürchtete keltische Feiertag in einen spielerisch fröhlichen, folkloristischen Festtag verwandelt.

Das Kürbismonster

Die leuchtenden Kürbismonster sind das Wahrzeichen von Halloween. Die folgenden Techniken und Tricks zum Schnitzen von Kürbislaternen gelten natürlich auch für andere geeignete Obst- und Gemüsesorten – allen voran die Wassermelone, die es an Größe durchaus mit einem Kürbis aufnehmen kann. Selbst Kohlrabi oder Apfelsinen lassen sich bearbeiten. Probier es einmal aus! Vielleicht kannst du auf dem Markt sogar eine echte Steckrübe auftreiben und Jack O´Lantern spielen. Der Einfachheit zuliebe wird bei der folgenden Arbeitsanleitung nur vom Kürbis gesprochen.

Wichtig!

Bitte einen Erwachsenen, dir bei der Arbeit mit dem Messer zu helfen. Je nachdem, wie reif der Kürbis ist, kann diese Arbeit ziemlich schwierig sein.

Wie schneide ich den Kürbis auf?

Male mit einem Filzstift oder Kugelschreiber einen Kreis für den Deckel auf den Kürbis. Du kannst die Linie auch mit einem spitzen Gegenstand einritzen. Das Loch sollte so groß sein, dass du mit deiner Hand bequem hindurchpasst, um den Kürbis auszuhöhlen. Auf dieser Linie schneidest du den Deckel ab. Ein nicht zu kurzes, gezacktes Gemüsemesser ist am besten geeignet.

So wird's gemacht:

Wenn du in den Kürbis schneidest, richte das Messer beim Schneiden auf die Mitte des Kürbisses. Dadurch bleibt später ein Rand aus Kürbisfleisch erhalten, der den Deckel tragen kann. (Wenn du senkrecht in den Kürbis schneidest, fällt der Deckel nach innen.) Damit du später den Deckel immer wieder richtig aufsetzen kannst, markiere eine Stelle am Rand und am Deckel mit dem Messer oder einem Stift oder schneide eine kleine Ausbuchtung in den Deckelkreis. Dann brauchst du nur noch die Markierungen genau übereinander zu legen und der Deckel sitzt richtig.

Wenn du einen Kürbis hast, der nicht gut von selbst stehen kann (dieses Problem gibt es besonders häufig bei Wassermelonen), solltest du den Boden abschneiden und den Kürbis später auf eine Kerze oder ein elektrisches Licht stellen. Dazu legst du den Kürbis auf einen Topf oder in eine Pfanne, bis er gerade steht. Dann zeichnest du mit einem Stift eine Linie am Topfrand entlang auf den Kürbis. Entlang dieser Linie schneidest du den Kürbis auf.
Da der Kürbis in diesem Fall auf seiner Öffnung stehen wird, kannst du ruhig senkrecht in den Kürbis hineinschneiden. Es ist nicht wichtig, dass ein breiter Rand bleibt, weil kein Deckel gehalten werden muss.

Wie höhle ich den Kürbis aus?

Mit einem möglichst bruchsicheren Löffel können die Kerne und weichen Fäden im Inneren herausgelöffelt werden. Zusätzlich wirst du wahrscheinlich ein starkes Gemüsemesser benötigen, um das Fruchtfleisch von den Wänden zu lösen. Es sollten nicht viel mehr als etwa 2 cm Fruchtfleisch an der Seite übrig bleiben, wo das Gesicht oder Muster ausgeschnitten werden soll.
Das Fruchtfleisch kann man gleich in alptraumhafte Speisen umwandeln, zum Beispiel in Vampirblutsuppe oder spukigen Spinnenkuchen (sieh mal im Rezeptteil nach!). Wenn der Kürbis sehr groß ist, hat man vielleicht keine Lust, mehrere Tage hintereinander davon zu essen. Dann lässt sich das Kürbisfleisch auch kochen und einfrieren.
Die Kürbiskerne können mit etwas Salz in der Pfanne geröstet werden. Sie sind eine Delikatesse zu vielen Kürbisgerichten, Salaten und in selbst gebackenem Brot.

Wie zeichne ich das Kürbisgesicht?

Bevor das Gesicht ausgeschnitten wird, musst du erst einmal eine Vorlage haben oder zumindest eine genaue Vorstellung davon, wie dein Kürbis später aussehen soll.

Vielleicht weißt du schon ganz genau, welches Gesicht es sein soll und kannst es gleich mit einem Stift auf den Kürbis aufzeichnen. Denke daran, dass Linien, die du verändern musst, eventuell später sichtbar bleiben.

Leichter ist es, das Gesicht mit einer Papiervorlage auf den Kürbis zu übertragen. Entweder du kopierst dir ein Gesicht auf Papier oder du malst selbst eins.

Wenn du selbst ein Gesicht erfindest, beachte ein paar wichtige Dinge: Markiere auf dem Papier die Teile des Gesichts, die aus Kürbis bestehen und daher an möglichst vielen Stellen mit dem Rest des Kürbisses verbunden bleiben sollten. Beispielsweise kann eine Pupille von einem Auge nicht frei im ausgesägten Auge schweben, sondern muss noch mit dem Augenrand verbunden sein. Vorsicht beim Aussägen, dass keine „tragenden" Teile durchgeschnitten werden!
Schneide nicht so viele oder so große Teile heraus, dass man von außen direkt in die Kerzenflamme schauen kann. Wenn ein Loch, zum Beispiel für den Mund, zu groß oder zu breit ist, kann der Kürbis an dieser Stelle leicht zusammenbrechen. Vielleicht kommst du auf die Idee, den Kürbis auch auf der Rückseite zu schnitzen. Zusammen mit den ausgesägten Teilen der Vorderseite kann daraus ein interessantes Gesamtbild mit den verschiedenen Licht- und Schattenteilen entstehen. Meistens nehmen sich beide Seiten aber gegenseitig die Wirkung weg.

Passe das Gesicht der Form und Größe des Kürbisses an. Wähle für den Anfang ein möglichst einfaches Gesicht.

Du kannst aber auch einfach Motive aus diesem Buch abmalen oder kopieren. Manche Motive musst du vielleicht auf einem Fotokopierer vergrößern. Sicherlich fallen dir auch noch eigene Motive ein!

Das Papier mit dem Gesicht oder Motiv wird mit einem (Krepp-) Klebeband oder Pinnwandnadeln an den Ecken auf den Kürbis geheftet. Nadeln solltest du nur auf die äußeren Linien deines Motivs setzen, damit du keine unnötigen Löcher in den Kürbis stichst, die man später sehen kann.

Mit einer Stecknadel, einer Pinnwandnadel, oder einem Maiskolbenhalter stichst du dann kleine Markierungslöcher entlang der Linien deines Musters durch das Papier in den Kürbis. Du brauchst nicht tief in den Kürbis zu stechen, es sollen nur Markierungen sein. Je kleiner die Teile des Musters sind, desto enger sollten die Löcher beieinander liegen. Anschließend kannst du die Papiervorlage wieder entfernen. Falls die kleinen Einstiche schwer zu erkennen sind, kannst du etwas Mehl über das Muster reiben. Es bleibt in den Löchern hängen und macht sie besser sichtbar. Du kannst die Punkte aber auch mit einem Stift verbinden.

Wichtig!

Halte den Griff deiner Säge oder deines Messers wie einen Stift und mache gleichmäßige Sägebewegungen auf und ab mit nur sanftem Druck vorwärts – nicht wie mit einem Messer gerade durchschneiden. Das Schneidewerkzeug bitte nicht verdrehen oder biegen, sondern senkrecht in den Kürbis schneiden. An scharfen Ecken das Werkzeug herausziehen und in der neuen Schneiderichtung wieder einstechen.

Wie schneide ich das Gesicht aus?

Mit einer spitzen kleinen (Stich-) Säge oder einem Gemüsemesser mit gezackter Klinge werden die einzelnen Teile des Gesichts entlang der Punkte oder Linien aus dem Kürbis herausgeschnitten. Hierbei nicht auf die Hilfe eines Erwachsenen verzichten!

Wenn der Kürbis sehr fest ist, kann man an einigen Ecken und schwierigen Stellen des Gesichts zusätzlich kleine Löcher mit einem Handbohrer ganz durch die Kürbiswand bohren.

Arbeite beim Aufschneiden immer von innen nach außen, damit du mit deiner aufgestützten Hand nicht auf bereits ausgesägte Bereiche drückst. Schneide auch bei jedem einzelnen Segment von den inneren zu den äußeren Linien hin. Drücke die ausgeschnittenen Teile mit einem Finger von innen heraus. Große Stücke können vorher noch einmal zerteilt werden. Reibe anschließend die Ränder des Musters von außen mit einem Tuch glatt und trockne den Kürbis von innen mit Küchentüchern. Es passiert immer wieder, dass man aus Versehen Teile herausschneidet, die eigentlich stehen bleiben sollten. Mit Zahnstochern kannst du diese Teile vorsichtig von innen wieder feststecken.

Wie leuchtet der Kürbis?

Wenn an Stelle eines Deckels der Boden des Kürbisses aufgeschnitten wurde, ist es ganz einfach: Du stellst eine Kerze oder ein Teelicht auf einen kleinen feuerfesten Teller und stülpst den Kürbis darüber. Auch eine rote oder grüne Glühbirne mit Batterie gibt ein gruseliges Licht ab.
Wenn du einen Deckel aufgeschnitten hast, kannst du entweder ein Teelicht in den Kürbis stellen oder eine Kerze. Damit die Kerze nicht gleich umfällt, musst du ein Loch im Kürbisboden ausheben, das die Kerze hält. Noch leichter ist es, eine Kerzenhalterung, wie es sie für die Martinslaternen gibt, in den Kürbisboden gerade hinein zu stecken. Wenn die Kerze einigermaßen fest sitzt, kannst du beim Anzünden den Kürbis schräg halten, um dich nicht zu verbrennen. Vielleicht überlässt du dieses Risiko auch lieber einem Erwachsenen. Stelle den Kürbis immer auf eine Unterlage, damit die Möbel nicht fleckig werden.

Jetzt brennt die Kerze stundenlang und dein Kürbis leuchtet weithin sichtbar. Nach wenigen Tagen schon wird dein Kürbis jedoch immer weicher und schließlich fällt er in sich zusammen. Was ist passiert? Mit der heißen Kerze hast du deinen Kürbis allmählich von innen so weit erhitzt, bis er weich gekocht ist. Er lebt sehr viel länger, wenn du ein paar Lüftungslöcher in den Deckel bohrst. Wichtig ist ein größeres Loch direkt über der Kerze. Der Großteil der Hitze kann dadurch entweichen.

Zu große Kälte mag der Kürbis auch nicht. Ist Nachtfrost angesagt, stellst du ihn lieber an einen kühlen Ort im Haus oder in den Kühlschrank – wenn dort genug Platz für solch ein Riesenteil ist!

Halloween-Umzüge

Schon die alten Kelten verkleideten sich zu Halloween als Gespenster, Hexen und andere Fabelgestalten. Damit wollten sie „echten" Geistern einen Schrecken einjagen, aber selbst unerkannt bleiben. Sie zogen von Haus zu Haus und sammelten Knabberzeug und andere Köstlichkeiten. Diese Gaben wurden den Geistern geopfert und auch für das eigene Halloween-Fest verwendet.

Dieser ernste Hintergrund von Halloween ist mittlerweile verschwunden. Die Kinder heute verkleiden sich, um ein schaurig schönes Fest zu feiern. Sie ziehen von Haus zu Haus mit dem Spruch „Trick or Treat". „Treat" ist das Naschzeug, das sie für ihre Halloween-Feier sammeln wollen. Wenn sie es nicht bekommen, drohen sie mit einem „Trick", einem kleinen Streich der Geister, den sie demjenigen spielen, der ein „Treat" verweigert.

Wie organisierst du „Trick or Treat"?

Für „Trick or Treat" geht eine Gruppe von Kindern verkleidet (ein paar Ideen dazu gibt es später) von Haus zu Haus. Wahrscheinlich wundern sich die meisten Leute, wenn ihr mit den Worten „Trick or Treat" vor der Haustür steht. Halloween ist bei uns (noch) nicht sehr bekannt. Vielleicht könntet ihr oder eure Eltern bereits ein paar Tage vorher diese Tradition in eurer Nachbarschaft erklären und eine Vorwarnung für euren Besuch geben, damit jeder auch genügend Köstlichkeiten für euch auf Lager hat! Ihr werdet kaum jemanden treffen, der lieber einen „Trick" riskiert (zum Beispiel versteckte Fußmatte) als einen „Treat" (zum Beispiel einen Apfel) zu verschenken …

„Trick or Treat"-Beutel

Wenn es dann soweit ist, sollte jeder eine Tüte mitnehmen, in der die kleinen Gaben gesammelt werden, um sie später aufzuteilen. Natürlich geht jede normale Plastik- oder Leinentasche. Passender wäre jedoch eine Baumwolltasche, die du mit Textilfarben bemalst, oder eine große Papiertüte, die mit einem Kürbis, einem Gespenst oder etwas anderem angemalt wird.

Tipps für ein sicheres Halloween

Wenn du verkleidet durch die Nachbarschaft ziehst, denke daran, dass die Kostüme bequem sein sollten.

Bemalte Gesichter eignen sich besser als Masken, die oft nicht gut sitzen und durch die du nicht zuverlässig schauen kannst, wenn du zum Beispiel die Straße überquerst. Bordsteinkanten könnten dann zu Stolperschwellen werden.

Die Kleidung sollte möglichst bequem sein. Bewege dich nur in dem Wohngebiet, das du kennst, und gehe nicht in fremde Wohnungen hinein. Gehe nur in einer Gruppe von mehreren Kindern mit.

Je unterschiedlicher ihr euch verkleidet habt, desto witziger seht ihr aus. Legt eine bestimmte Zeit fest, nach der ihr heimkehrt – es sollte euch am Ende genügend Zeit bleiben, eure „Treats" zu genießen und ein bisschen zu feiern.

Kostüme

Hier sind einige typische Kostüme für Halloween und Gruselfeste:

Skelett

Ein Skelett ist ein umherwandernder Halloween-Geist. Diese Verkleidung erinnert daran, dass das alte Samhain-Fest eine Feier zu Ehren der Toten war. Auf ganz alten Grabsteinen von damals sind manchmal Totenschädel aufgemalt, die einen fast fröhlichen Gesichtsausdruck haben – soweit ein Totengebiss grinsen kann. Deine Verkleidung muss also nicht unbedingt zum Fürchten ausschauen.

Hexe

Hexen haben ihren großen Auftritt an Halloween und in der Walpurgisnacht vom 30. April auf den 1. Mai. In Scharen reiten sie auf ihren Besen, auf Fässern oder Baumstämmem durch die Lüfte. Ihr Ziel ist der Blocksberg, wo sie ihren Herrn und Gebieter, den Teufel, zu einem großen Fest treffen. Der Hexentanz beginnt!
Einem alten Aberglauben nach steckt die Walpurgisnacht voller Magie. Man glaubte, dass sich die Mächte der Dunkelheit noch einmal austoben, bevor am 1. Mai die Maikönigin einzieht. Nach dem Einzug des Christentums widmete die katholische Kirche diesen Tag der Heiligen Walpurga, der Beschützerin vor Zauberkünsten.

In der Walpurgisnacht und der Halloweennacht wurde früher wie heute allerlei Schabernack getrieben. Wenn so viele Hexen unterwegs waren, durften auch Streiche gespielt werden. Früher hat man auf den Bauernhöfen zum Beispiel Mistkarren in Bäumen versteckt oder Jauchefässer mit der Türklinke verbunden, damit sie beim Tür öffnen umkippen. Heute werden Gartenmöbel versteckt, Mülleimer verschoben oder Autos mit Klopapier umwickelt.

So wird's gemacht:

*Ziehe schwarze Leggings und ein schwarzes Oberteil an. Mit weißem Klebeband oder mit weißer Kreide werden die Knochen sichtbar gemacht.
Das Gesicht wird weiß geschminkt und bekommt schwarze Augenhöhlen. Übe einen möglichst klapprigen Gang!*

Wenn ihr eure Geisterparty zur Walpurgisnacht feiert, achtet nur darauf, mit euren Tricks nicht wirklich Schaden anzurichten.

Vielleicht ist euch ein „Treat" sogar lieber! Ihr solltet versuchen, das „Trick or Treat" einzuführen.

Wie ihr euch verhext

Schwarze Kleidung, schwarzer Umhang, ein spitzer Hexenhut und ein (Reisig-) Besen sind die Grundausstattung. Wenn ihr euch dann noch einen Pullover oder ein Kissen als Hexenbuckel unter die Kleidung auf den Rücken schiebt, ist die Verkleidung perfekt!

Für den Hexenhut brauchst du schwarze Pappe. Schneide dir eine Hutkrempe aus, die auf deinen Kopf passt. Lass beim Loch für den Kopf einen ca. 1 cm breiten Rand stehen, den du einschneidest und nach oben biegst.

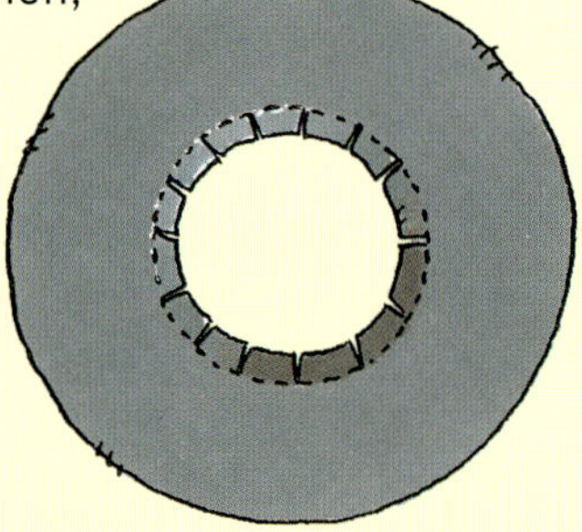

Für die Hutspitze schneidest du einen Halbkreis aus schwarzer Pappe aus und rollst ihn zu einem Kegel, der über den Innenrand der Krempe passt. Klebe die Enden zusammen.

Zum Schluss klebst du den Kegel auf dem Rand der Krempe fest.

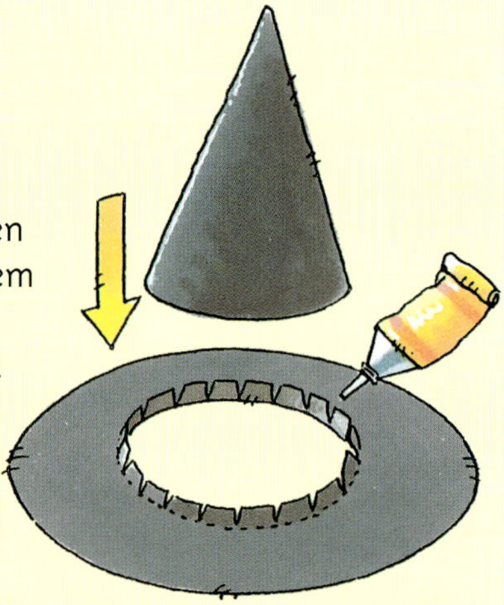

Anstelle einer Perücke kannst du schwarze und bunte Wollfäden mit Klebeband an den Innenrand des Hutes kleben. Sammle Zweige für den Besen und binde sie an einen Besenstiel. Darauf kannst du dann zum Blocksberg reiten.

Fledermaus

Warum sind Fledermäuse gruselig?
Seit vielen Jahrhunderten gibt es den Aberglauben, dass Fledermäuse Vampire sind, die sich in Fledermäuse verwandelt haben. Man glaubte, dass sie sich auf ihre ahnungslosen Opfer stürzen, sie beißen und ihnen ihr Blut aussaugen. Damit werden die völlig harmlosen Tiere maßlos überschätzt!

Es gibt etwa 800 verschiedene Fledermausarten, die sich fleißig von Insekten ernähren.

Nur eine einzige Familie von Fledermäusen ernährt sich vom Blut anderer Tiere. Sie werden deshalb Vampir-Fledermäuse genannt. Diese Art lebt zurückgezogen ausschließlich in Südamerika. Sie saugen auch nicht das Blut aus den schlafenden Tieren, sondern leckten es nur ab. Die Opfer merken nicht einmal etwas davon!

Es ist also wieder nur Aberglaube. Viele Leute gruselt es aber auch deshalb vor Fledermäusen, weil sie uns nach Einbruch der Dunkelheit überraschen. Sie tauchen aus dem Nichts auf, rasen pfeilschnell lautlos durch die Lüfte und ändern ständig ruckartig ihre Richtung. Unsere Augen sind verunsichert, wir können die schnellen Bewegungen der Fledermäuse weder verfolgen noch vorhersehen. Das mag selbst manchem tapferen Menschen einen Schauer über den Rücken jagen.

So geht's!

Eine Fledermaus kleidet sich mit langer Hose und langärmeligem Hemd oder T-Shirt in schwarz-braunen Farben. Über die Augen kommt eine aus Pappe geschnittene Maske mit Augenlöchern und kleinen Ohren. (An Stelle der Maske kannst du dich auch schwarz schminken.) Für die Flügel nimmst Du schwarzen oder dunkelbraunen leichten Stoff. Du schneidest ihn als Dreieck so zurecht, dass er vom ausgestreckten Arm den ganzen Körper und die Beine bis etwa zum Knie entlangläuft. Befestige ihn mit kleinen Stichen oder Sicherheitsnadeln an der Kleidung. Du kannst an Stelle von Stoff einen großen schwarzen Müllsack auftrennen und daraus die Flügel schneiden. Die Flügel steckst du am Hals und an den Armbündchen mit Sicherheitsnadeln fest oder nähst sie an.

Spinne

Die Spinne gehört ebenso wie die Fledermaus, die Eule, die Kröte und die Katze zum „Hofstaat" der Hexen. Spinnen sind wichtige kleine Helfer. Sie hängen überall herum und sammeln Tratsch und Informationen für ihre Hexen.

So spinnst du!

Ziehe eine schwarze Hose oder Leggings und ein schwarzes Oberteil an. Stopfe drei schwarze Nylonstrumpfhosen aus, z. B. mit anderen Strumpfhosen, weichen Kleidungsstücken, Handtüchern u. ä. Befestige die Strumpfhosen als Spinnenbeine mit Sicherheitsnadeln am Hosenbund. Wenn die Strumpfhosen viel zu lang für dich sind, binde sie dir um den Bauch. Mit deinen eigenen beiden Beinen hast du dann insgesamt acht Beine. Setze eine schwarze Mütze oder einen Stirnreifen auf und mache schwarze Pfeifenreiniger als Fühler daran fest. Jetzt darfst du spinnen!

Frankenstein

Wer ist Frankenstein?
Es war eine dunkle Nacht im Jahre 1816 am Genfer See in der Schweiz. Es stürmte, der Regen peitschte gegen die klappernden Fensterläden. Donner erschütterten die Luft. Zuckende Blitze ließen für Sekunden die schwarzen Umrisse der Bäume draußen gespenstisch aufleuchten.

Mary Shelley, eine junge Engländerin, war mit ein paar Freunden in einem Haus am See eingeladen. Sie alle mussten wegen des starken Unwetters die Nacht dort verbringen. Keiner traute sich nach draußen. Die Freunde beschlossen, dass jeder eine Gruselgeschichte schreiben sollte, um die Zeit zu vertreiben. Mary war mit ihrer Geschichte nicht sehr zufrieden. Ein paar Tage später jedoch hatte sie die zündende Idee. Das Unwetter war zwar längst verzogen, aber sie trug die Stimmung noch in sich.

Aus der Idee wurde das Buch „Frankenstein". Es handelt von dem verrückten Erfinder Viktor Frankenstein, der einen neuen Menschen erschaffen wollte. Lange arbeitete er in seinem Labor im Keller, bis plötzlich ein Wesen zum Leben erwachte, das leider einem Menschen nicht besonders ähnlich war. Weil Frankenstein es mit der Erfindung so eilig hatte, hatte er sich nicht so sehr um die äußeren Einzelheiten von Frankenstein Junior gekümmert. Das Wesen war ein gruseliges Monster, vor dem selbst sein Erfinder weg lief.

Das Frankenstein-Monster ist zum Glück nur eine Gestalt aus einem Buch!

Für die Verkleidung als Frankenstein stelle dir einen Riesen in Kinderkleidung vor, dem sein Aussehen und seine Kleidung ziemlich egal sind.

So wird's gemacht!

Suche dir eine Hose von einem anderen Familienmitglied aus, die zu weit oder zu kurz ist und ein Jacket, das zu groß ist. Da sich Frankenstein ständig die Haare rauft, bringe deine Haare in Unordnung und fixiere sie mit Gel. Das Gesicht des Monsters ist grün geschminkt und voller Narben.

Mumie

Dieses beinahe schon klassische Kostüm ist zugleich eines der einfachsten. Schmiere dir genügend Gel in die Haare, dass sie gut vom Kopf abstehen – Jahrtausende altes Haar hängt nicht mehr glatt und sauber herunter! Mische weiße und braune Schminke für die Lederhaut deines Gesichtes. Statt der Leinenstreifen, die man früher zum Einwickeln benutzt hat, lässt du dich von deinen Freunden mit Mullbinden oder Klopapier von oben bis unten umwickeln. Lass die Arme draußen und auch die Beine getrennt einwickeln, wenn du dich hinterher noch bewegen möchtest. Bei diesem Kostüm sollte man daran denken, vor dem Verkleiden nochmal aufs Klo zu gehen (nicht nur, weil es danach vielleicht kein Papier mehr gibt). Dieses Kostüm lässt sich nicht schnell aus- und anziehen!

Monster vom Mars

Gibt es nun Marsmännchen oder nicht? Überlassen wir es lieber den Gelehrten, über Leben auf anderen Planeten nachzuforschen. Sie zerbrechen sich ja bereits seit vielen Jahrhunderten die Köpfe darüber! Vielleicht würdest du dich über Besuch aus dem Weltall freuen. Wenn er auch (noch) nicht echt ist, kannst du ihn dir zumindest schon einmal vorstellen.

Wie es geht!

Für den Freund von einem anderen Planeten brauchst du nicht viel. Du solltest allerdings längere Haare haben, sonst hält der Kopfschmuck nicht. Ziehe dir eine möglichst schrille Hose und ein grelles langärmeliges Hemd an. Nimm einen großen blauen Müllsack, schneide Löcher für die Arme und den Kopf und schlüpfe hinein. Ein witziger Gürtel dazu macht das Kostüm bequemer für dich.

Das Gesicht malst du dir so an, wie es bei den Monstern auf dem anderen Planeten aussieht. Die Haare fasst du zu einzelnen Büscheln zusammen. Die Büschel ziehst du z. B. durch alte CDs hindurch, die nicht mehr benötigt werden. Bestimmt liegen bei euch oder im Bekanntenkreis veraltete CDs herum! Es sieht noch besser aus, wenn du jeweils zwei CDs nimmst und sie so gegeneinander legst, dass man außen nur die silbern glänzenden Seiten sieht.

Das Durchfädeln der Haare durch die Löcher der CDs erfordert etwas Geschick und Hilfe. Am besten geht es mit einer kleinen Haarklammer, die du aufbiegst und wie einen Fadeneinfädler benutzt. Damit die CDs halten, befestige jeweils ein dickes Haargummi, eine Zopfspange oder ähnliches über dem Loch der CD, damit sie nicht abrutschen kann.

Spukiger Partyschmuck

Geisterhaus mit Zauberwald

Mit ein bisschen Phantasie könnt ihr euer Heim in ein Geisterschloss verwandeln.

Verschiebt ein paar Bilder an den Wänden, so dass sie schief hängen. Legt Tücher über Stühle und Sessel. Verstellt die Möbel, damit das Zimmer verwahrlost aussieht und ihr gleichzeitig mehr Platz zum Spielen habt.

Schneidet große, knorrige Umrisse von Bäumen aus Packpapierrollen und pinnt oder klebt sie mit leicht ablösbarem Klebeband an die Wände. Ihr könnt die Bäume mit gruseligen Motiven und kleinen Gespenstern bemalen oder behängen.

Du brauchst:

Bleistift, Schere und Kleber. DIN A 4-Papier. Entweder nimmst du weißes Papier und malst es an oder besorgst dir z. B. orangefarbenes Papier, wenn du eine Kürbisgirlande basteln möchtest, schwarzes Papier für Fledermäuse oder Katzen. Weißes Papier eignet sich für Gespenster.

Halloween-Ketten

Diese Papierketten lassen sich mit vielerlei Motiven machen. Die Vorgehensweise ist aber immer dieselbe.

Schneide das Papier der Länge nach in der Mitte durch. Falte einen Streifen als Ziehharmonika mit vier genau gleichen Teilen.

Male ein Muster auf den obersten Streifen. (Wenn du dir vorher eine Schablone bastelst, ist es einfacher!) Achte darauf, dass an beiden Seiten das Muster einen Teil vom Papierrand stehen lässt, der nicht ausgeschnitten wird. Jetzt schneide das Muster aus und ziehe die Kette auseinander. Die Figuren halten sich untereinander an den Stellen fest, wo du den Rand nicht abgeschnitten hast. Mache dasselbe mit dem zweiten Papierstreifen und weiteren Blättern, wenn du eine lange Kette haben möchtest. Klebe die einzelnen Ketten an den Verbindungsstellen zusammen.

Fledermaus „Schwarze Socke"

Du brauchst:

1 schwarze Socke für den Körper
alte Zeitung oder Watte zum Füllen des Körpers
1 schwarzen Pfeifenreiniger für die Füße
schwarzes Papier oder Pappe für die Flügel
4 Pfeifenreiniger oder Schaschlikspieße für die Verstärkung der Flügel
1 kleines Stück weißes Papier oder weißen Stoff für das Gesicht (evtl. Augen aus dem Bastelgeschäft)
schwarzes Papier für die Ohren
Schere, Kleber, Nähnadel und Faden
Steck- oder Sicherheitsnadeln

Aus schwarzem Papier oder Pappe schneidest du die Flügel aus. Damit sie nicht herunterhängen, klebst du auf die Rückseite Pfeifenreiniger oder hölzerne Schaschlikspieße zur Verstärkung.

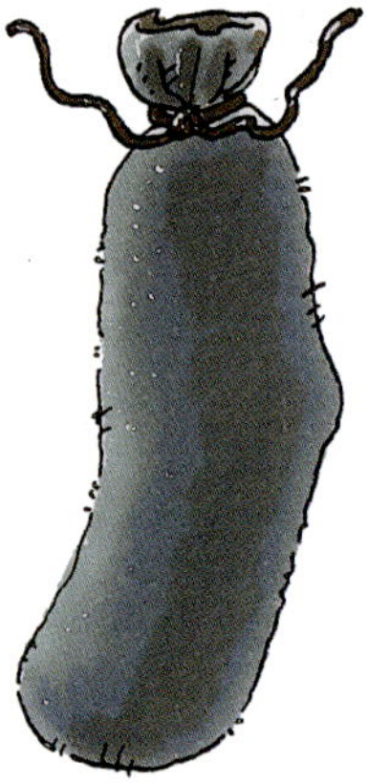

Stopfe die Socke mit alter Zeitung oder Watte aus. Binde die Öffnung mit dem schwarzen Pfeifenreiniger zu. Die beiden Enden des Pfeifenreinigers sind die Beine und Füße, die du zum Aufhängen umknicken kannst.

Die Flügel befestigst Du am Rücken der Fledermaus mit Steck- oder Sicherheitsnadeln oder du nähst sie fest.

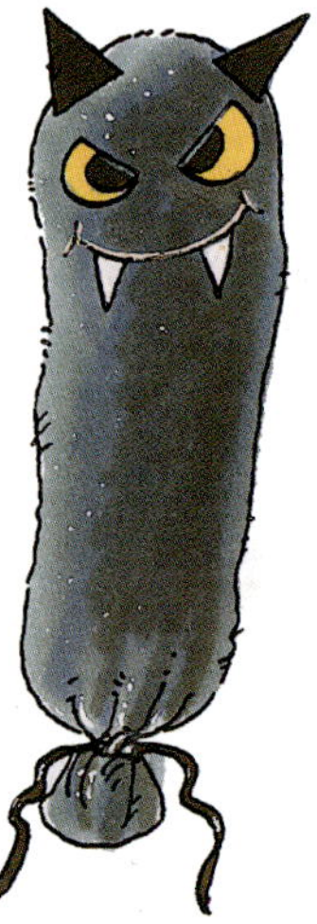

Klebe oder nähe Augen, Zähne und Ohren aus schwarzem und weißem Papier bzw. Stoff auf. Wenn die Socke später noch getragen werden soll, verwende möglichst keinen Kleber.

Jetzt kannst du die Fledermaus in ihrer Lieblingsposition mit dem Kopf nach unten aufhängen.

Große Geister

Stecke einen aufgeblasenen Luftballon in eine weiße Mülltüte oder einen alten weißen Kopfkissenbezug. Der Luftballon ist der Kopf des Geistes. Binde die Tüte oder den Bezug unter dem Ballon zusammen. Male mit einem dicken schwarzen Stift ein Gesicht auf. Befestige einen Faden zum Aufhängen oben am Gespenst und lasse es von der Decke baumeln.

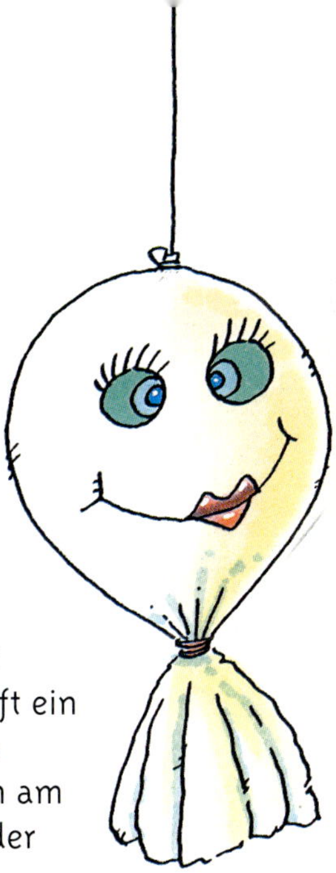

Kleine Geister

Du kannst nach derselben Methode auch kleine Geister basteln. Statt eines Luftballons formst du Bällchen aus Papierküchentüchern, geknülltem Zeitungspapier oder Watteballchen. Dann legst du ein weißes Papiertuch, zum Beispiel von einer Küchenrolle, darüber und bindest den Kopf mit einem Band ab. Gesicht aufmalen, Aufhängefädchen befestigen – fertig!

Tütenkürbis

Je nach gewünschter Größe nimmst du entweder einen Frühstücksbeutel aus Papier oder eine größere Papiertüte. Die Tüte malst du zu drei Vierteln orangefarben an. Das obere Viertel malst du als Kürbisstiel grün. Dann füllst du den orangefarbenen Teil der Tüte mit zusammengeknülltem Zeitungspapier. Den oberen Teil bindest du mit einem Band zusammen. Mit den Händen bringst du die Tüte in eine Kürbisform und bemalst sie nach Lust und Laune.

Schlammspinne

Diese Dekoration ist sogar essbar!

Du brauchst:

2 Esslöffel Erdnussbutter
2 Esslöffel Puderzucker
3 Esslöffel Paniermehl
2 Esslöffel Schokostreusel oder geraspelte Schokolade
evtl. 1 Löffel Kokosraspeln für Spinneneier
1 Tüte Lakritzschnecken für die Beine und das Spinnennetz.
Evtl. 2 schwarze Pfeifenreiniger für die Beine
2 Rosinen für die Augen
1 Zahnstocher

Mische die Erdnussbutter, den Puderzucker und das Paniermehl. Forme eine größere Kugel für den schlammfarbenen Spinnenkörper und eine kleinere für den Spinnenkopf. Wälze die Kugeln in den Schokostreuseln oder in geraspelter Schokolade. Stecke einen Zahnstocher in die größere Kugel und stecke die kleinere Kugel von der anderen Seite dagegen. Drücke zwei Rosinen als Augen leicht in den Spinnenkopf. Rolle einige Lakritzschnecken auf und schneide dir 8 Beine in der passenden Länge zurecht. Für die Beine kannst du auch schwarze Pfeifenreiniger zerteilen. Stecke die Beine in den Spinnenkörper. Lege die Spinne auf einen Teller in den Kühlschrank, damit sie etwas härter und stabiler wird. Du kannst der Spinne aus dem Lakritz zusätzlich ein Netz bauen. Damit für Nachwuchs gesorgt ist, rollst du Kugeln als Spinneneier aus der gleichen Erdnussmasse wie bei der Spinne. Du wälzt sie anschließend in Kokosraspeln und legst sie mit in das Netz. Diese Spinneneier schmecken köstlich!

Vampir im Bett

Der berühmteste Vampir heißt Dracula. Vampire sind im allgemeinen als Blutsauger gefürchtet. Sie können sich in Fledermäuse oder in Rauch verwandeln, um in Häuser einzudringen. Das beste Gegenmittel ist Knoblauch. Vampire können Knoblauch nicht ausstehen. Du kannst Fenster- und Türrahmen damit einreiben, um sie fern zu halten. Falls dies die anderen Hausbewohner stört, kannst du auch dein Essen einfach mit Knoblauch würzen. Vampire haben einige seltsame Eigenarten.

Du würdest sie zum Beispiel daran erkennen, dass sie keinen Schatten haben. Sie haben auch kein Spiegelbild, wenn sie vor einem Spiegel stehen.
Hast du schon einmal einen Vampir gesehen? Wahrscheinlich nicht, denn es gibt gar keine Vampire. Außerdem würden sie tagsüber schlafen, wenn es sie gäbe. Zum Schlafen brauchen sie kein Bett, sondern einen dunklen Kasten, der wie ein Sarg ausschaut. Sie mögen überhaupt keine Helligkeit. Daher sind sie immer so blass.

Stelle dir vor, du würdest einem kleinen gruseligen Vampir ein Bett bauen. Dazu brauchst du folgende Dinge:

Du brauchst:

1 Päckchen Trockenpflaumen ohne Steine für den Körper
die Mitte eines Salatkopfes (als Vampirkopf)
1 großes Salatblatt als Umhang
Schaschlikspieße oder Zahnstocher
Puderzucker
Rosinen, ganze Nelken o. ä. für die Augen
Mandelstifte für die Eckzähne

Zutaten für das Bett:
5 Tafeln (Block-) Schokolade
etwas Öl
1 Karotte für das Kreuz

Der kleine Vampir besteht nur aus Trockenpflaumen und dem kleinen Salatkopf, die mit Schaschlikspießen oder Zahnstochern zu einer Figur zusammengesteckt werden. Das große Salatblatt legst du ihm als Umhang um. Da er schon etwas länger im Bett liegt und allmählich verstaubt, kannst du ihn mit Puderzucker einstäuben. Als Augen befestigst du Rosinen oder Nelken, als Eckzähne die Mandelstifte. Das Bett wird ein Kasten aus Schokolade. Eine Tafel ist der Boden, zwei Tafeln brauchst du für die Längsseiten. Zum Befestigen erwärmst du etwas Öl in der Pfanne (Vorsicht, nicht zu heiss werden lassen). Du hälst die zu klebenden Seiten ein paar Sekunden in das Öl, bis sie leicht angeschmolzen sind und presst sie dann schnell zusammen. Wenn die Teile gut getrocknet sind, schneidest du die Schmalseiten aus einer weiteren Schokolade aus. Dazu hälst du sie von außen dagegen und ritzt mit einem Messer den Umriss ein. Die Teile schneidest du aus und klebst sie genauso an wie die langen Seitenteile. Sollten die Teile nicht gut zusammen halten, kannst du bei niedrigster Hitze etwas Schokolade in der Pfanne schmelzen und als Kleber verwenden. Aus einer Karotte kannst du ein Kreuz vorne an den Sarg kleben. Wenn alles hart geworden ist, kannst du das Pflaumenmännchen zur Ruhe betten. Es schmeckt allerdings so gut, dass es wahrscheinlich die nächste Nacht nicht mehr erlebt.

Geisterspiele

Die Spinne im Speicher

Mit diesem Spiel kannst du das Gruselfest beginnen. Bevor die Gäste eintreffen, spielst du die Spinne im Speicher und „vernetzt" das ganze Zimmer mit mehreren Spinnweben. Nimm pro Gast eine Rolle Garn (es kann auch ein Rest sein) und ziehe damit einen langen Faden mit Hindernissen durchs Zimmer. Um Tisch- und Stuhlbeine herum, über die Kommode, unter dem Teppich her – Hauptsache, es geht kreuz und quer durch den Raum. Schon bald wirst du merken, dass bei vielen Fäden das Zimmer reichlich versponnen aussieht! Achte darauf, dass keine Lieblingsvasen der Eltern oder andere Kostbarkeiten bei diesem Spiel umgeworfen werden können. An jedem Fadenende befestigst du ein kleines Begrüßungsgeschenk. Dies könnte zum Beispiel eine Stofftasche oder Papiertüte sein, die ihr anschließend als „Trick and Treat"-Beutel bemalt.

Wenn die Gäste eintreffen, darf jeder sich einen Fadenanfang nehmen und ihn bis zum Ende verfolgen. Dabei sollte das Garn aufgerollt werden.
Wenn du vorher die Gardinen schließt, fühlt sich das Garn im Halbdunkel spinnenecht an!

Die verhexten Schachteln

Neulich warst du im Keller deines Gespensterschlosses und hast ein paar alte Schachteln gefunden. Ganz mutig hast du sie mit genommen, um jetzt gemeinsam mit deinen Freunden ihren Inhalt zu erforschen.

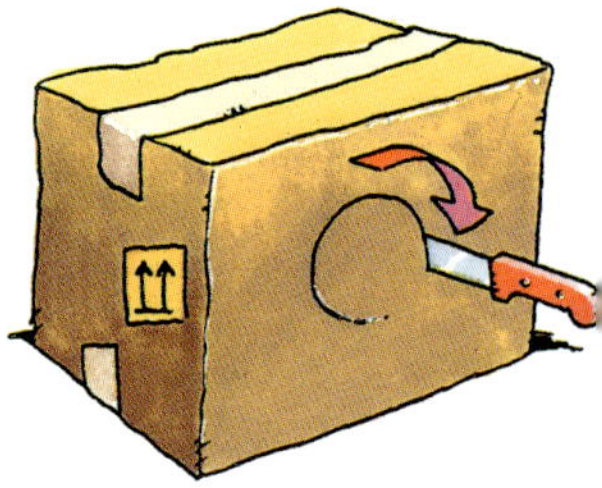

Nimm einige Schachteln wie große Schuhkartons, Waschmittelkartons oder ähnliches. Wenn du nicht selbst genügend hast, frage im Supermarkt oder Schuhgeschäft nach – dort gibt es meistens Verpackungsschachteln, die nicht mehr benötigt werden. Schneide an einer Seite ein rundes Loch in jede Schachtel, durch das eine Kinderhand passt.

Zur Vorbereitung legst du in jede Schachtel einen ungewöhnlichen Gegenstand. An die Seite mit den Löchern klebst du jeweils einen Zettel, auf dem der Inhalt der Schachtel steht. Du schreibst aber nicht den wahren Inhalt auf, sondern das, was es in einem Geisterhaus wohl sein könnte. Lege die Schachteln nebeneinander auf den Tisch oder Boden oder stapele sie aufeinander. Breite ein großes (schwarzes) Tuch über die Schachteln aus, sodass nur noch die Seiten mit den Löchern frei bleiben. Verdunkele das Zimmer nicht ganz, aber lass nur wenig Licht brennen, damit die Stimmung gruseliger wird.

Jeder tapfere Gast darf in eine Schachtel fassen, um den wahren Gegenstand zu erfühlen und zu erraten.

Und was könnte sich darin verbergen?

Zum Beispiel:

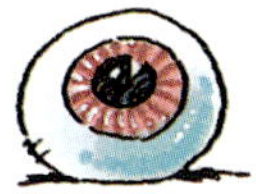

Die Augen eures Hausgeistes (geschälte Weintrauben oder feuchte Oliven)

Regenwürmer (kalte, nasse Maccaroni)

Qualle (gestürzter Wackelpudding)

Spinnenbeine (gebogene Pfeifenreiniger)

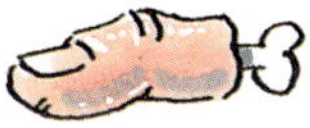

Finger (Würstchen)

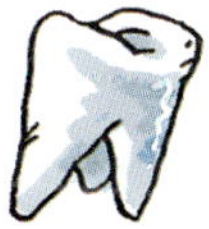

Zähne (Popcorn, Mais)

Hexenhaare (die Fäden von frischen Maiskolben)

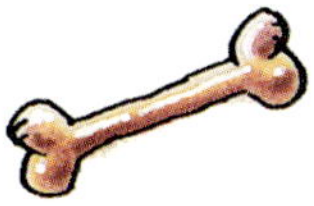

Reste eines Skeletts (gesäuberte Hähnchenknochen von eurem letzten Mittagessen)

Auf die letzte Schachtel schreibst du „Geisterhand". Wenn diese Schachtel an der Reihe ist, steckst du deine eigene Hand durch ein zweites Loch auf der Rückwand der Schachtel und gibst sie dem erschrockenen Gast, wenn er mit seiner Hand von vorne in die Schachtel hineinlangt. Das ist jedoch nur etwas für starke Nerven!

Mit etwas Phantasie fallen euch bestimmt noch mehr schaurige Gegenstände ein!

Nicht jeder ist so mutig wie du. Wer nicht an diesem Spiel teilnehmen möchte, darf es gerne beobachten.
Es gehört schon etwas Überwindung dazu, in die Schachteln zu fassen!

Apfel-Angeln

Auf englisch heißt es „Bobbing for Apples" und ist ein traditionelles Spiel an Halloween. Zu dieser Jahreszeit ist Erntezeit, Äpfel gibt es genug. Ihr füllt eine Wanne bis fast zum Rand mit Wasser und lasst viele Äpfel darin schwimmen. Jedes Kind muss nun versuchen, mit auf dem Rücken verschränkten Armen einen Apfel aus der Wanne zu fischen. Nur der Mund darf dazu benutzt werden. Es ist ein sehr lustiges, aber auch sehr nasses Spiel, also besser nicht auf dem guten Wohnzimmerteppich spielen. Der Schwierigkeitsgrad wird noch erhöht, wenn ihr die Stiele der Äpfel vorher entfernt. Haltet ein paar Handtücher bereit!

Eine Nase für den Kürbisgeist

Dieses Halloween-Spiel musst Du vorbereiten. Schneide aus orangefarbenem oder angemaltem Karton einen großen Kürbis aus. Du malst ihm Augen und Mund. Dort, wo die Nase hingehört, malst du nur einen kleinen Kreis. Die Nase schneidest du aus gelbem Karton aus und klebst ein kleines Stück doppelseitig klebendes Klebeband auf die Rückseite. Du kannst auch aus normalem Klebeband (am besten Malerkrepp, weil es sich gut wieder lösen lässt) einen Ring mit der Klebeseite nach außen formen und ihn auf die Rückseite der Nase kleben.

Der Kürbisgeist ohne Nase wird an der Wand aufgehängt. Jedes Kind darf abwechselnd versuchen, mit verbundenen Augen die Nase an die richtige Stelle zu heften. Mit Bleistift wird markiert, welches Kind welche Stelle getroffen hat. Derjenige Spieler, der dem richtigen Platz für die Nase am nächsten gekommen ist, hat gewonnen.

Hexenmarathon

Die Hexen haben es eilig, zu ihrem Treffen auf dem Blocksberg zu kommen. Dabei müssen verschiedene Hindernisse überwunden werden. Jeder von euch bekommt einen Hexenbesen. Es kann auch ein ganz normaler Besen oder Schrubber sein. Ihr bereitet einen Weg mit Hindernissen vor. Es können entweder zwei oder mehrere Hexen gleichzeitig starten, wenn es genug Platz gibt. Ihr könnt auch zwei Gruppen von Hexen bilden, die gemeinsam das Rennen machen. Ansonsten saust jede Hexe für sich und ihre Zeit wird gestoppt.

Hier sind ein paar Vorschläge für Hindernisse:

Die Hexe muss auf ihrem Besen einen Parcours reiten, ohne irgend etwas dabei zu berühren oder umzuwerfen. Der Weg führt z. B. über Stühle oder unter Tischen hindurch oder im Slalom um Hindernisse herum.

Die Hexe muss mit ihrem Besen einen kleinen Ball oder einen Luftballon um mehrere Hindernisse herum in ein Ziel bugsieren.

Einige Klopapierrollen werden auf dem Boden verstreut (du kannst auch 1 – 2 Rollen in mehrere Ringe schneiden). Mit dem Besenstiel müssen die Rollen vom Boden aufgenommen werden. Anschließend müssen die Rollen über einen ca. 60 cm hohen Stab gestülpt werden, der im Boden steckt oder von anderen Kindern gehalten wird.

Seltsame Rezepte

Ganz frisch aus dem Labor kommt dieser Drink:

Punsch mit Geisterhand

Du brauchst:

Orangensaft
Mineralwasser
grüne und blaue Lebensmittelfarbe
dünne Wegwerfhandschuhe

Den Eiswürfel für diesen Drink solltest du bereits am Tag vorher vorbereiten. Fülle einen dünnen Einmalhandschuh (kleinste Größe) aus Plastik mit Wasser und binde ihn am Ende fest zu. Lege ihn ins Gefrierfach. Du kannst dann den gefüllten Handschuh entweder gefroren in den Drink legen oder den Plastikhandschuh einschneiden und entfernen, sodass nur noch die gefrorene Eishand übrig bleibt.

Mische mehrere Flaschen Orangensaft und Mineralwasser in einer großen Schüssel. Rühre mit dem Schneebesen grüne und blaue Lebensmittelfarbe ein, bis das Gemisch eine schöne giftgrüne Farbe hat. Du kannst den Drink in dieser Schüssel servieren oder ihn in eine ausgehöhlte (aber nicht an den Seiten geschnitzte!) Wassermelone füllen.

Beim Servieren schwimmt die Hand des Geistes auf dem Drink – er hat sie leider beim Mischen im Labor verloren!

Vampirblutsuppe

Diese Kürbissuppe wird traditionell an Halloween bereitet, wenn nach dem Aushöhlen der Kürbisse viel Fruchtfleisch übrig bleibt. Zu anderen Jahreszeiten kann man auch Karotten nehmen.

Du brauchst für 6-8 kleine Vamps:

Kürbisfleisch
Karotten
Du kannst entweder nur Kürbis oder nur Karotten verwenden oder beides in jedem beliebigen Verhältnis mischen. Insgesamt sollte es ca. 1 kg sein.
50 g Butter
1 kleingehackte Zwiebel und
1 Knoblauchzehe
1 Esslöffel brauner Zucker
ca. 1,5 l Gemüse- oder Hühnerbrühe
Salz, Pfeffer
1 Becher süße Sahne, evtl. etwas mehr zum Garnieren oder
1 kleiner Becher crème fraîche mit Kräutern
Nach Belieben: Cayennepfeffer, Ingwer, Muskat, Nelkenpulver, geriebener Bergkäse
1 Esslöffel Sherry (wenn Vampireltern das Rezept für ihre großen Vampirfreunde versuchen wollen)
Kürbiskerne, Brotwürfel, Knoblauchsalz, Bratfett

Das Kürbisfleisch würfeln, die Karotten schälen und in Scheiben schneiden. Die kleingehackte Zwiebel und die Knoblauchzehe in Butter dünsten. Nimm einen möglichst großen Topf! Das Kürbisfleisch bzw. die Karotten hinzufügen und den braunen Zucker darüber streuen. Alles vermischen und unter ständigem Rühren kurz anschwitzen, bis der Zucker sich aufgelöst hat. Mit der Gemüse- oder Hühnerbrühe auffüllen und 15 Minuten köcheln lassen. Die Suppe mit dem Pürierstab pürieren. Wenn du noch ein paar Kürbisstücke in der Suppe schwimmen lassen möchtest, nimm sie vor dem Pürieren heraus und lege sie anschließend wieder hinein.

Mit Salz, Pfeffer und nach Geschmack mit noch anderen Gewürzen abschmecken, die Sahne unterziehen. Nach Belieben etwas von dem geriebenen Bergkäse hinzugeben und schmelzen lassen. Der Käse ist zwar nicht typisch für das Halloween-Rezept, aber manche mögen´s trotzdem. Die Suppe auf vorgewärmte Teller verteilen und evtl. mit einem Klecks geschlagener Sahne garnieren.

Geröstete Kürbiskerne und Brotwürfel in der Pfanne braten, mit Knoblauchsalz würzen und mit der Suppe servieren.

„Hallo - Wiener"

Zutaten:

genug Wiener Würstchen für alle
Ketchup, Senf
Kartoffeln, Tomaten, Karotten,
Paprika, Käse und was die Küche
sonst noch hergibt
Zahnstocher

Aus den Würstchen bastelst du einen „Hallo-Wiener" nach deiner Fantasie. Wir haben eine Figur mit einem Kugelbauch und Beinen aus Würstchen zusammengesteckt. Der Kopf ist eine Kartoffel. Im Kugelbauch sitzt eine kleine Figur aus Karottenstücken, die der „Hallo-Wiener" gefressen hat.

Frankensteins Pizza

Frankenstein wäre glücklich über diese Erfindung gewesen!

Für den Teig:

(2 Pizzen für 4 - 6 Frankenstein-Fans):
500 g Mehl
30 g Hefe oder eine Packung Trockenhefe
1/2 Teelöffel Salz
200 ml Wasser
3 Esslöffel Olivenöl
100 g Mehl zum Ausrollen

Für die Auflage:
Hier könnt Ihr die gesamte Bandbreite der Pizza-Möglichkeiten ausspielen: z. B. Schinken, Salami, Knoblauch, Zwiebeln, Champignons, Peperoni, Spinat und anderes Gemüse, Meeresfrüchte.

Auf jeden Fall gehört dazu:
Tomatensauce, leicht gewürzt,
Mozzarellakäse und/oder geriebener Gouda
Salz, Pfeffer, evtl. Oregano zum Verfeinern

Die Hefe in einer Schüssel zerbröckeln und 100 ml lauwarmes Wasser zugeben. 100 g Mehl hinzufügen und alles gut verkneten. Es soll ein weicher, nicht zu flüssiger Teig entstehen. Nach Bedarf noch etwas Mehl zugeben. Diesen „Hefevorteig" mit einem Tuch abdecken und 30 Minuten an einem warmen Ort gehen lassen. Wenn man Trockenhefe benutzt, kann man sie gleich mit dem Mehl vermischen und der Anleitung auf der Packung folgen.

Das restliche Mehl in eine große Schüssel zu einem Berg sieben. Mit einer Tasse oder

der Hand eine Vertiefung in die Spitze eindrücken. Etwas Salz über den Berg streuen. Den Vorteig in die Vertiefung geben und mit dem Berg verkneten. Dabei nach und nach das restliche

lauwarme Wasser zugeben. Es soll einen festen, aber nicht harten Teig ergeben. Den Teig 10 Minuten lang weiterkneten und ab und zu heraus nehmen und auf den Tisch schlagen, damit er elastisch wird.

Vielleicht helfen die Eltern dabei, wenn Frankenstein Junior die Hände erlahmen. Danach den Teig halbieren und jede Hälfte mit etwas Mehl bestäuben. Mit einem Tuch abdecken und 1 bis 2 Stunden an einem trockenen, warmen Ort gehen lassen. Der Teig müsste dann ungefähr die doppelte Größe haben.

Die Wartezeit kannst du nutzen, um Dir das Bild für den Pizzabelag zu überlegen, die Zutaten dafür kleinzuschneiden und das Backblech einzufetten.

Eine glatte Unterlage mit Mehl bestäuben. Ein Teigstück darauf ausrollen. Die Ränder sollten etwas dicker sein, damit der Belag nicht hinunter fließt. Die Pizza auf das eingefettete Backblech legen. Den Teig mit Olivenöl leicht einpinseln und dann nach Belieben dekorieren – zu einem Monstergesicht, einem Teufel oder was du sonst besonders gruselig findest. Schiebe die Pizza in den vorgeheizten Ofen und backe sie möglichst heiß (250 bis 300 Grad) für 15 bis 20 Minuten.

Wenn du zwei Backbleche hast, kannst du die zweite Pizza bereits vorbereiten, während die erste im Ofen liegt.

Schoko Jack O´ Lantern

Du brauchst:

1 Orange pro Person (wähle Orangen mit einem flachen Boden, die von alleine stehen können) Schokoladeneis

Die Orange wird genauso ausgehöhlt und geschnitzt wie ein Kürbis. Das Fruchtfleisch darf gleich verzehrt werden. Lasse das Schokoladeneis ein wenig antauen, damit Du es leicht aus der Packung löffeln kannst. Fülle die Orangen mit Eis. Falls zuviel Eis durch die geschnitzten Öffnungen herausquillt, schabe es gleich ab (bitte nicht ablecken, da die Orangenschalen meistens behandelt sind). Setze die Deckel auf die Orangen und stelle sie für mindestens eine Stunde ins Gefrierfach.

Spukiger Spinnenkuchen

Dies ist ein traditioneller „Pumpkin Cake", wie er für Halloween aus dem Kürbisfleisch gebacken wird. Wie bei der Kürbissuppe können jedoch Kürbis und Karotten beliebig ausgetauscht und gemischt werden.

Du brauchst:

500 g Mehl (wenn das Gemüse besonders saftig ist, füge noch 50 g Mehl zusätzlich hinzu)
500 g brauner Zucker
350 ml Öl
4 Eier
800 g Kürbisfleisch oder 1 kg Karotten
1/2 Teelöffel Salz
2 Teelöffel Backpulver
1 Teelöffel Zimt
100 g gemahlene Haselnüsse
100 g Rosinen (kannst du auch weglassen, wenn du kein Rosinenliebhaber bist)

Wenn du den Kuchen würziger magst, kannst du von diesen Zutaten noch etwas hinzufügen:
1 Messerspitze Nelkenpulver
gemahlener Ingwer
1 Messerspitze gemahlene Muskatnuss

Für den Belag:
2 Packungen Zitronenglasur
Lakritzschnecken oder dünne schwarzbraune Fruchtgummistreifen
1 Spinne (als kleines Gummitier, wenn ihr eines habt, oder selbst gebastelt wie im Kapitel „Spukiger Partyschmuck" beschrieben)

Eine große runde Backform einfetten. Den Teig einfüllen. Er sollte nicht mehr als zwei Drittel der Form füllen. Bei 160 Grad im vorgeheizten Ofen etwa 75 Minuten backen.

Das Kürbisfleisch gut zerkleinern, die Karotten schälen und fein reiben. Zucker, Öl und Eier gut verschlagen. Das gesiebte Mehl und die anderen Zutaten hinzugeben und gut vermischen.

Der Kuchen ist fertig, wenn er die Stäbchenprobe besteht. Piekse dazu mit einem Holzstäbchen (Schaschlikspieß oder Zahnstocher) in die Mitte des Kuchens und ziehe das Stäbchen wieder heraus. Wenn kein Teig mehr daran klebt, ist der Kuchen fertig.

Der Belag:
Rolle vorsichtig einige Lakritzschnecken auf. Schneide dir einige längere Stücke für die langen Fäden eines Spinnennetzes zurecht. Bereite kürzere Stücke für die Zwischenfäden vor. Wenn der Kuchen abgekühlt ist, pinsele ihn mit der Glasur ein. Solange die Glasur noch nicht getrocknet ist, lege die Lakritzstücke als Spinnenfäden auf den Kuchen. Sie werden dann später von der Glasur gehalten. Setze die Spinne in die Mitte. Viel Spaß!